la courte échelle

Les éditions de la courte échelle inc.

Les éditions de la courte échelle inc.
5243, boul. Saint-Laurent
Montréal (Québec) H2T 1S4

Conception graphique:
Derome design inc.

Révision des textes:
Lise Duquette

Dépôt légal, 3e trimestre 1996
Bibliothèque nationale du Québec

Données de catalogage avant publication (Canada)

Gauthier, Gilles

L'étonnant lézard d'Edgar

(Roman Jeunesse; RJ60)

ISBN 2-89021-268-8

I. Prud'homme, Jules. II. Titre. III. Collection.

PS8563.A858E86 1996 jC843'.54 C95-940424-7
PS9563.A858E86 1996
PZ23.G38Et 1996

Gilles Gauthier

Né en 1943, Gilles Gauthier a d'abord écrit du théâtre pour enfants: *On n'est pas des enfants d'école*, *Je suis un ours!* et *Comment devenir parfait en trois jours*. Ses pièces ont été présentées dans de nombreux festivals internationaux (Toronto, Lyon, Bruxelles, Berlin, Londres) et ont été traduites en langue anglaise.

Il a reçu, en 1989, un prix d'excellence de l'Association des consommateurs du Québec et le prix Alvine-Bélisle pour son roman *Ne touchez pas à ma Babouche*. Il a aussi obtenu, en 1992, le Prix du livre M. Christie et a figuré sur la liste d'honneur IBBY en 1994 pour son roman *Le gros problème du petit Marcus*. Plusieurs de ses titres ont été traduits en espagnol, en anglais, en grec et en chinois.

L'étonnant lézard d'Edgar est le douzième roman qu'il publie à la courte échelle.

Jules Prud'homme

Jules Prud'homme est bien connu des petits et des grands, qui peuvent apprécier ses bandes dessinées et ses illustrations éditoriales. Ses amis disent de lui que c'est un homme rempli de contradictions, mais qu'il est tout à fait charmant. Il adore l'opéra, mais il est guitariste de blues, il boit trop de café même s'il le supporte mal, il caresse les chats même s'il a des allergies et il dessine plus pendant ses vacances que lorsqu'il travaille dans son atelier. Profondément antimilitariste, il préfère cuisiner, jouer au badminton et... manger son gruau tous les matins.

L'étonnant lézard d'Edgar est le sixième roman qu'il illustre à la courte échelle.

Du même auteur, à la courte échelle

Collection Premier Roman

Série Babouche:
Ne touchez pas à ma Babouche
Babouche est jalouse
Sauvez ma Babouche!
Ma Babouche pour toujours

Série Marcus:
Marcus la Puce à l'école
Le gros problème du petit Marcus
Le redoutable Marcus la Puce
Le gros cadeau du petit Marcus

Collection Roman Jeunesse

Série Edgar:
Edgar le bizarre
L'étrange amour d'Edgar
Edgar le voyant

Gilles Gauthier

L'ÉTONNANT LÉZARD D'EDGAR

Illustrations
de Jules Prud'homme

la courte échelle
Les éditions de la courte échelle inc.

Prologue

Mes parents m'avaient averti, mais cette fois, je crois que ça y est. Je suis en train de devenir fou.

À force de lire des livres bizarres, je perds la raison. À chercher qui je suis, j'ai abouti dans un monde où le bon sens n'a plus sa place.

J'ai encore un peu de lucidité, heureusement. Et j'ai finalement dû accepter certaines vérités, malheureusement!

Né un 19 janvier comme Edgar Allan Poe, je ne suis pas la réincarnation de ce grand écrivain américain.

Malgré mes cartes de tarot, je n'ai rien d'un voyant qui lirait dans l'avenir, comme je l'avais cru un moment.

Avec mes questionnements stupides et mes raisonnements tordus, je ne suis qu'un rêveur. Un rêveur de treize ans qui se laisse embarquer dans le premier bateau venu.

Et je vous jure que le plus récent bateau à accoster dans ma tête a toute une figure de proue!

Vous ne devinerez jamais ce qui m'arrive. C'est tellement ridicule que j'hésite même à en parler. J'ai peur qu'on m'enferme si je dis ce qui en est réellement. J'ai peur qu'on pense que je délire.

Je ne voudrais pas faire de peine à Lucille, ma mère. Et je ne souhaite pas pousser à bout mon père, Raymond, qui commençait à peine à s'ouvrir à mon originalité.

Mais les faits sont là. J'ai été plongé ces derniers jours dans une expérience inimaginable.

Ma chatte Caterina est au courant et elle me regarde de travers chaque fois qu'elle me croise dans la maison. Elle était présente quand tout a débuté.

Elle était près de moi et elle a été sidérée. Elle est restée figée un long moment, les yeux fixes, les poils hérissés.

Caterina regardait dans le miroir de la salle de bains, comme moi. Et comme moi, elle était bouleversée par cette image incroyable, cette apparition troublante, cette figure hallucinante.

Comme moi, ma chatte n'osait plus bouger, se demandant sûrement ce qui venait de se détraquer dans sa pauvre cervelle de chatte.

Et pourtant!

Caterina avait raison. Ce qu'elle apercevait dans le miroir n'était pas une illusion. Incrédule, je la voyais, moi aussi, cette étrange créature qui m'observait.

Et moi non plus, je ne voulais pas y croire.

Chapitre I
Le miroir au lézard

Tout a commencé par un rêve, un rêve suscité par une dure soirée de réflexion sur le sens de la vie.

Pendant des heures, dans mon lit, je m'étais interrogé sur mon présent, mon passé, mon avenir. Je m'étais posé mille questions sur mon existence et sur celle de tous les humains.

D'où venait l'Homme? Pourquoi était-il là? Qu'est-ce qu'un Edgar Alain Campeau venait faire sur cette Terre en cette fin de XXe siècle?

Épuisé et sans réponse, je me suis endormi. J'ai glissé dans le sommeil sans m'en apercevoir.

Je me croyais encore éveillé, car dans mon rêve aussi, j'étais couché dans mon lit. Je réfléchissais en regardant le plafond de ma chambre. Quand, soudain, tout s'est lézardé.

À partir du centre, là où se trouve mon

plafonnier, de grandes failles se sont creusées. Mort de peur, j'ai cru que le ciel allait me tomber sur la tête. Mais le plafond n'a pas bougé.

L'ampoule là-haut s'est éteinte peu à peu et elle a pris l'aspect d'une petite porte. Une petite porte ronde semblable à une écaille de poisson.

À mon grand étonnement, j'ai alors senti mon corps, tout léger, monter vers ce point mystérieux. Et lentement, la petite porte s'est ouverte.

Devant moi se trouvait un trou noir qui m'attirait avec la force d'un aimant gigantesque.

Sans pouvoir opposer la moindre résistance, j'ai été aspiré. À la vitesse de l'éclair, j'ai glissé dans un souterrain sans fin. Et je me suis retrouvé d'un seul coup sur le bord d'une plage, au crépuscule.

L'endroit était inhabituel, sauvage, rocailleux. Il me semblait inhabité, jusqu'à ce que j'aperçoive quelque chose sur un rocher.

Je me suis approché doucement et j'ai pu distinguer finalement de quoi il s'agissait.

Sur le rocher, aux aguets, se tenait un lézard comme je n'en avais jamais vu. Un

lézard d'une inquiétante étrangeté.

Il n'était pas très gros et, pourtant, il me faisait peur. Plus il me fixait avec ses yeux ovales, plus je me sentais mal à l'aise.

J'avais l'impression bizarre que ce n'était pas lui, l'animal étrange, dans ce milieu inconnu, mais bien moi.

C'est alors que je me suis réveillé et que mon véritable cauchemar a commencé.

Car ce rêve n'était qu'un doux prélude aux événements insensés qui allaient suivre.

À moitié endormi et encore troublé par le regard du curieux animal, je me suis levé. Comme tous les jours, je me suis dirigé vers la salle de bains. Comme tous les jours, ma chatte Caterina m'a suivi.

Et le choc s'est produit.

À l'instant où je tournais la tête vers le miroir pour admirer mon allure du matin, je l'ai aperçu.

Mon lézard de la nuit était là, dans le miroir. Avec le même regard troublant.

Pour être bien sûr que je ne rêvais pas encore, je me suis tourné à toute vitesse vers Caterina.

Ma chatte aussi fixait le miroir, terrorisée!

Chapitre II
Un fossile vivant?

J'ai observé attentivement la bête dans le miroir pendant que son image devenait de plus en plus floue. J'ai mémorisé les moindres détails de son apparence avant qu'elle disparaisse. Puis, j'ai tout fait pour garder mon sang-froid et mon secret.

J'ai déjeuné comme d'habitude avec ma petite soeur Émilie et mes parents. Et j'ai quitté la maison tranquillement comme pour une journée d'école ordinaire.

À mon premier moment libre, cependant, je me suis précipité vers la bibliothèque et j'ai raflé tout ce qui parlait des lézards.

J'ai vite fait le tour des illustrations et, à ma grande déception, je n'ai pas trouvé mon énergumène.

Il existe, paraît-il, 3 750 espèces de lézards. Et je vous jure qu'il y en a pour tous les goûts.

J'ai vu le dragon de Komodo qui pèse

140 kilos et qui mange un porc pour dîner. J'ai vu des caméléons qui ont une langue de un mètre de long et qui se prennent pour des arcs-en-ciel.

J'ai vu le lézard de Jésus-Christ, un basilic plutôt comique qui s'amuse à courir sur l'eau.

Mais je n'ai trouvé nulle trace du lézard de mon miroir.

Déçu, j'allais abandonner mes recherches quand mon attention a été attirée par le nom d'un reptile d'une classe à part. Il ne faisait partie ni des lézards, ni des crocodiles, ni des serpents, ni des tortues. On le désignait sous le nom d'«hattéria».

Sans trop d'espoir, j'ai laissé mes doigts se diriger vers les pages où l'on parlait de cette bête rare. Et je me suis retrouvé, ébahi, nez à nez avec mon lézard!

Hé oui! Il était là, sur la photo. Il avait l'air de quelqu'un qui attendait ma visite depuis longtemps. C'était bien lui, avec sa tête en cône, son corps bosselé et ses piquants tout le long du dos et de la queue.

Renversé par ma découverte, je me suis mis à lire avidement ce que l'on disait sur mon phénomène. Et je dois vous avouer que j'ai eu du mal à croire ce que j'apprenais.

L'hattéria, qu'on appelle très souvent «tuatara», mot maori signifiant «piquants sur le dos», a été découvert au XVIIIe siècle. Il est le seul membre encore existant d'un ordre de reptiles apparu il y a 200 millions d'années.

Ce n'est pas un lézard, même s'il en a les apparences. C'est un véritable fossile vivant, que l'on ne trouve plus que sur quelques îles protégées, au large de la Nouvelle-Zélande.

Imaginez ma stupeur! Mon faux lézard est le dernier survivant de reptiles plus anciens que les dinosaures, qui ont disparu il y a 65 millions d'années. Et ce n'est pas tout!

Même s'il ne mesure que 60 centimètres et ne pèse que un kilo, il peut vivre plus d'un siècle. Jusqu'à 120 ans! Et là encore, ce n'est pas tout!

Quand il est jeune, le tuatara a sur le haut du crâne... un troisième oeil!

Je n'invente rien. C'est écrit en toutes lettres dans le livre que j'ai sous les yeux. Et les savants ignorent à quoi sert au juste cet oeil relié à une partie de son cerveau appelée le «corps pinéal».

Plus je lisais, plus mon coeur battait

fort. Et plus je réfléchissais, plus j'avais le sentiment que ce qui m'arrivait n'était pas le fruit du hasard.

De toute évidence, l'extravagant tuatara

avait des choses à me dire. Il ne s'était pas glissé dans mon rêve et dans ma salle de bains pour rien. C'était maintenant à moi de trouver la clé du mystère, de découvrir le secret de cette étrange créature.

Malheureusement, mes parents aussi ont des choses à me dire. Juste au moment où ma vie prend un nouvel élan, ils veulent que je participe à un camp d'informatique organisé par l'école. Raymond, surtout, insiste pour que je ne rate pas une chance pareille.

Mon père devrait pourtant savoir que je n'ai aucune attirance pour les méga-octets et les kilobits. Je deviens totalement stupide chaque fois que je m'installe devant un écran d'ordinateur. Je réussis à tout coup à le faire se planter en cinq secondes.

Mais Raymond n'en démord pas. Il dit que l'informatique est la voie de l'avenir. Il me donne en exemple ma petite soeur Émilie qui est plutôt rapide avec la souris.

Même Lucille s'est mise de la partie. Elle a commencé récemment à utiliser l'ordinateur pour ses peintures. Elle aussi m'incite à profiter de cette occasion exceptionnelle pour découvrir ce médium fabuleux.

Comme je n'espère plus m'en tirer, j'ai

commencé à emplir mes valises. Je vais aller à ce camp, mais pour y étudier ce qui m'intéresse.

Je vais continuer là-bas mes recherches sur le mystérieux tuatara. J'ai déjà ramassé plein de livres sur la théorie de l'évolution et je compte bien arriver à déchiffrer le message de ce résidu d'une autre ère.

Le camp où l'on m'envoie réunit des élèves de divers coins du pays. Il se tient aux Mille-Îles et on y dormira dans des tentes.

Je déteste le camping. Je n'ai jamais compris pourquoi des gens intelligents abandonnent volontairement un lit chaud et confortable pour aller mal dormir sur un matelas de caoutchouc humide et glacé.

Mais il me faut oublier cette perspective misérable. Je dois me concentrer sur mes recherches.

Camping et informatique lanceront bien assez vite maringouins et virus à mes trousses!

Chapitre III
Les métamorphoses

Ma première nuit au camp a été exténuante. C'est à peine si j'ai pu fermer l'oeil et, pendant ce mini-sommeil, je n'ai pas cessé de rêver.

Bruno Chaput, le compagnon de tente que l'on m'a assigné, y est sûrement pour quelque chose. Ses ronflements pourraient tenir éveillé un bataillon complet.

Mais parlons donc de ma nuit étrange.

Je venais tout juste de réussir à m'assoupir, après de pénibles efforts, quand j'ai entendu un petit bruit derrière moi. Précautionneusement, j'ai sorti la tête de mon sac de couchage et j'ai aperçu... vous devinez qui!

Mon tuatara était là, à l'entrée de la tente. Il me regardait toujours avec les mêmes yeux.

Voyant que je paniquais un peu, il s'est adressé à moi d'une voix très lente.

— Pourquoi avoir peur, Edgar? Tu sais

bien, maintenant, que je ne suis pas méchant.

Sur le coup, j'ai cru que j'étais devenu fou. J'ai essayé de me pincer pour me réveiller, mais je ne sentais plus mon bras.

Mon visiteur a continué:

— C'est normal que tu m'aies pris pour un lézard. Tout le monde commet cette erreur. Et je comprends que je t'inspire de l'horreur. Tous les humains ont la même réaction.

Au son de la voix apaisante de l'animal, devant son calme, je me suis senti plus détendu. À l'entendre me parler si posément, j'avais étrangement le goût d'en apprendre plus sur ce curieux personnage. Il a enchaîné:

— Quand je vois un humain, moi aussi j'ai peur, tu sais. Instinctivement. Car les humains, avec les rats, sont les principaux ennemis des tuataras.

Tout en prononçant ces dernières paroles, la bête a grimpé lentement sur mon sac de couchage et elle s'est approchée de ma figure. J'ai eu un petit geste de recul qui l'a arrêtée net.

Je voyais sa peau rugueuse à quelques centimètres de moi. Je sentais ses pattes griffues à travers mon sac et, malgré tout, j'étais relativement calme. C'était comme si je commençais à avoir une certaine confiance en cet animal farfelu.

— Toi et moi, on a plus de choses en commun que tu ne le crois. Tes ancêtres aussi étaient des reptiles. Mais, pendant des millions d'années, ils ont fait plus que changer de peau. Alors que les miens...

En entendant ces mots, je me suis souvenu de certains passages sur l'évolution que j'avais lus pendant la journée. Avant la naissance des humains, il y a d'abord eu les poissons dans l'eau, puis les amphibiens et, ensuite, sur terre, les reptiles et les mammifères.

— Tu te demandes d'où tu viens, Edgar? Regarde-moi bien et essaie de te mettre dans la peau d'une bête comme moi. Tu comprendras peut-être alors beaucoup mieux ton passé.

Je commençais à réfléchir à ce qu'il venait de me dire quand je me suis soudain senti transformé. Presque instantanément, mon nez s'est allongé, mon corps a raccourci, ma peau est devenue toute bosselée.

J'étais changé en tuatara. Dans mon sac

de couchage, je n'occupais plus qu'un espace minuscule.

Mon sosie se tenait debout devant moi. Il examinait son nouveau congénère avec des yeux attendris. Il paraissait impressionné par la métamorphose qui venait d'avoir lieu.

Au moment de quitter la tente, il a chuchoté à mon endroit, avec un regret dans la voix:

— Vous êtes chanceux, vous, les humains. Vous avez de l'imagination. Avec mon petit cerveau de reptile, je ne peux même pas rêver. Je suis né pour refaire sans cesse les gestes routiniers de tous les tuataras.

Chapitre IV
Randonnée dans le Crétacé

Alors que je croyais sortir dans la nuit noire, je me suis vite aperçu que je venais plutôt de plonger dans la nuit des temps.

Dès que j'ai mis le pied, ou plutôt la patte, hors de la tente, j'ai vu que tout était changé.

Le milieu qui m'entourait n'avait plus rien de commun avec les Mille-Îles. Le camp d'informatique avait disparu. J'étais dans un nouvel univers difficile à décrire.

Sentant mon désarroi, mon guide a tenté de me rassurer.

— Nous sommes dans l'ère du Crétacé, il y a 130 millions d'années. Et nous sortons la nuit pour éviter les dinosaures qui pourraient nous embêter.

Espérant avoir mal compris, j'ai aussitôt réagi.

— Le Crétacé? Les dinosaures? Tu veux dire que...

— Les dinosaures sont partout. Il faut

être prudents.

— On... on est entourés de... de tyrannosaures... de carnivores monstrueux... et

tu n'as pas peur de sortir?

— La nuit est notre royaume. Quand les grands carnivores dorment, on est tranquilles. C'est le meilleur temps pour se balader, pour gober quelques araignées juteuses et quelques grillons savoureux.

— Je dois t'avouer que je ne suis pas très friand d'araignées et de grillons.

— Tu n'es pas un vrai tuatara. Malgré ton cerveau d'humain, je vois que tu as du mal à imaginer certaines choses. C'est vrai qu'on est très différents.

J'ai senti, par le ton de sa voix, que mon copain était déçu. J'ai même cru pendant un moment qu'il ne voulait plus me parler, car il y eut alors un long silence. Mais je n'ai pas mis beaucoup de temps à comprendre ce qui se passait.

Mes yeux de tuatara se débrouillaient de mieux en mieux dans le noir. Aussi, j'ai vu que mon compagnon venait d'attraper un gros criquet. Il le dégustait consciencieusement, le mâchouillant avec une lenteur extrême.

Dégoûté, j'entendais les craquements de la pauvre petite proie. À ce moment, j'ai eu du mal à demeurer fidèle à ma peau d'emprunt.

Après une attente qui m'a semblé durer une éternité, mon ami a passé longuement sa langue pointue sur ses babines. Puis il m'a annoncé, triomphant:

— Et maintenant, il est temps de trouver des compagnes pour assurer l'avenir de l'espèce.

Cette fois, ma réaction a été encore plus vive.

— Il n'est pas question que je te suive dans ce type de recherche.

Mon vis-à-vis a paru surpris.

— Ah non? Et pourquoi? Les humains aussi doivent se reproduire pour ne pas disparaître.

Je ne savais plus quoi dire. J'ai essayé de me défendre tout en faisant attention de ne pas offusquer mon copain.

— N'oublie pas que... je n'avais que treize ans avant de... de devenir un tuatara... Et les humains dont tu parles...

— Tu as tout à fait raison. Parfois j'oublie que j'ai cinquante ans. C'est vrai que je ne les parais pas.

— Cinquante ans? Je croyais que tu avais à peu près mon âge.

— Ton âge? Tu ne vois donc pas toutes ces rides sur mon museau?

Je voyais bel et bien des milliers de rides un peu partout. Mais il me semblait que tous les tuataras devaient être comme ça. Devinant mon malaise, mon compagnon s'est porté à mon secours.

— L'imagination humaine a de sérieuses limites, à ce que je vois. Je m'occuperai de ma postérité un autre soir. Pour le moment, allons un peu plus en avant dans le temps.

Sans que j'aie pu réagir, mon voisin s'est engouffré dans des broussailles.

Seul tout à coup, j'ai hésité un instant à le suivre. Mais j'ai alors pensé aux tyrannosaures et autres monstres du même acabit qui dormaient autour de nous.

— Attends-moi!

Les yeux fermés, j'ai plongé dans l'inconnu.

Chapitre V
Les mammifères sont arrivés

Je ne sais pas si c'est à cause des ronflements de Bruno dans la tente, mais je me souviens de m'être presque réveillé à cet instant. J'avais perdu de vue mon compagnon de voyage et je commençais à me sentir mal dans mon rôle de tuatara. J'ai été ramené dans mon rêve par un cri étrange.

J'ai cherché dans le noir d'où provenait cette plainte. Et j'ai aperçu, dans les hautes herbes qui m'entouraient, un petit animal bizarre qui semblait désespéré.

Ce n'était pas un animal que je connaissais, mais il ressemblait à un bébé loup. Paniqué, il se plaignait comme ma soeur Émilie, la fois où elle s'est égarée dans le grand centre commercial près de chez nous.

Il courait dans tous les sens et n'arrêtait pas une seconde de tournailler. Jusqu'à ce que, tout à coup, un cri semblable au sien se fasse entendre au loin.

Dès que le jeune animal l'a perçu, il s'est élancé dans la direction de ce cri. À mesure qu'il se rapprochait, le cri s'amplifiait. Finalement, dans une clairière, la mère du bébé est apparue.

C'était sûrement sa mère, car je pouvais voir les mamelles de la bête qui devait encore allaiter son petit. Fou de joie, celui-ci s'est précipité vers elle. Il s'est frotté la tête contre la femelle, qui l'a poussé dans la direction d'où elle était venue. J'ai entendu derrière moi:

— Fini, l'âge d'or des reptiles! Il y a 60 millions d'années, les mammifères ont pris notre place. Avec leur sang chaud, ils n'ont pas à chercher les rayons du soleil pour survivre. Grâce à leur fourrure, ils peuvent habiter n'importe où. Et contrairement à nous, les reptiles, ils respectent les membres de leur espèce.

J'avais sursauté de peur en entendant la voix rugueuse de mon compagnon de route, mais j'étais soulagé en même temps. Je n'aurais pas aimé être abandonné dans ce nouvel environnement. Toutefois, j'étais étonné que mon guide prétende que les mammifères se respectaient autant.

— Il me semble que les mammifères aussi luttent entre eux. Je ne crois pas que tu connaisses les théories de Darwin, mais...

J'ai été interrompu brusquement.

— Je les connais trop bien, malheureusement. Quand une espèce comme la mienne vit des millions d'années, elle a le temps d'apprendre quelques petites vérités. J'ai vu les reptiles être les rois du monde. J'ai vu les mammifères les supplanter. Et j'ai compris les avantages d'avoir des petits qui ne sont pas autonomes dès leur naissance, qu'il faut instruire et allaiter.

— Tu crois vraiment que...

— Tu as vu la mère venir au secours de son bébé. Elle a entendu son appel et elle l'a reconnu. Maintenant, elle doit être chez elle en train de le nourrir et de jouer avec lui.

Mon compagnon était songeur. Il est resté un long moment à fixer la direction prise par la femelle et son petit. Puis il a eu un long soupir et il m'a proposé de le suivre.

Mon ami habite une sorte de tunnel aménagé dans la paroi d'une falaise. Seulement, il ne vit pas seul. Cette petite caverne sert aussi de nid à des pétrels. Comme ces oiseaux de mer chassent le jour et que mon copain sort la nuit, ils habitent le logement à tour de rôle.

Cet arrangement astucieux fait l'affaire des deux clans... en général. Car il arrive que mon ami ait du mal à se contrôler. Il gobe parfois quelques oeufs de ses colocataires, ce qui déclenche des mini-guerres.

— En période de famine, il m'est même arrivé de...

Mon compagnon était mal à l'aise. Il a finalement ajouté:

— ... de dévorer un ou deux de mes petits...

J'étais stupéfait. Malgré moi, j'ai fait quelques pas en arrière pour m'éloigner de mon interlocuteur. Ce dernier a secoué la tête.

— Tu n'as pas à avoir peur. Tout ce que j'essaie de te faire comprendre, c'est que nous, les reptiles, on est ce qu'on est. Grâce à leur cerveau plus développé, les mammifères sont attachés à leurs petits. Ils les allaitent, jouent avec eux, les protègent. Ils ont une mémoire du coeur. Tandis que nous, les tuataras...

Mon ami a baissé la tête.

— Si on mange parfois nos enfants, ce n'est pas parce qu'on est méchants. C'est qu'on a faim et qu'on n'a pas de sentiments!

Chapitre VI
L'invention des dragons

Même s'il disait ne pas avoir de sentiments, je voyais que le tuatara de mon rêve était malheureux. J'ai essayé de l'encourager.

— Les mammifères ne sont pas aussi bien que tu le crois. Même les humains étaient cannibales il n'y a pas si longtemps. Et ils n'arrêtent pas de s'entretuer.

Mon compagnon a paru soulagé. Il s'est approché doucement et il a collé sa tête étrange contre la mienne. Puis il a ajouté, hésitant:

— Peut-être leur avons-nous légué trop d'agressivité?

— Sans elle, les humains seraient disparus. Ils en avaient besoin pour survivre.

— Tu as probablement raison après tout. Le vrai problème ne vient pas de nous. Ce sont les humains qui utilisent mal le nouveau cerveau dont ils ont hérité.

— Le nouveau cerveau?

— Le cerveau des mammifères n'a pas cessé de se développer. Il y a 2 millions d'années, l'«homo habilis» créait des outils. Il y a un million d'années, l'«homo erectus» maîtrisait le feu. Depuis 40 000 ans, le cerveau des humains est pareil à celui d'aujourd'hui.

— 40 000 ans!

— L'«homo sapiens sapiens» pouvait rêver comme toi, Edgar. Il aurait pu me créer comme tu le fais en ce moment.

— Te créer?

— Comment crois-tu que j'existe cette nuit? Où crois-tu que je me trouve?

J'avais un peu de mal à suivre. Mon guide s'est empressé de m'aider.

— Il y a en Nouvelle-Zélande de vrais tuataras, Edgar. Seulement, moi, je n'en suis pas un. Je suis un tuatara imaginaire, issu de ton cerveau en train de rêver.

J'ai essayé de me concentrer.

— Ton cerveau est puissant, Edgar. Il peut créer plein d'images de la réalité, selon ce que tu ressens ou ce qu'on t'a enseigné. Tu me vois comme un animal gentil, semblable à un lézard. Mais je pourrais être un dragon terrible à combattre à tout prix.

J'ai pensé que mon copain commençait à divaguer. J'ai voulu le ramener à la raison.

— Un tuatara n'a rien d'un dragon, voyons. Tu veux te moquer de moi quand tu dis que...

Je n'ai pas eu le temps de finir ma phrase. Un immense filet s'est abattu sur la tête de mon compagnon. Tout près, sur un cheval, j'ai aperçu un homme en armure. Il tenait une énorme lance.

J'allais crier au chevalier de retenir son geste quand, stupéfié, j'ai reconnu l'homme en selle. C'était Raymond, mon père, qui menaçait mon copain et qui s'est adressé à moi d'un ton ferme.

— Sauve-toi, Edgar! J'ai ce dragon à ma merci. Il ne pourra pas m'échapper.

Renversé par la folie de Raymond, j'ai tenté de le raisonner.

— Ce n'est pas un dragon, papa! C'est un tuatara qui ne ferait pas de mal à une mouche... ou à un humain en tout cas.

— Je vais lui transpercer le coeur. Il ne viendra plus jamais semer la terreur parmi nous.

— Non, papa! C'est mon ami. Il n'est pas méchant. Tu te trompes.

Je n'ai pas eu le temps de dire un mot de plus. La lance de Raymond a pénétré la peau rigide de mon compagnon qui est resté au sol, inerte.

Terrorisé, bouleversé, je me suis réveillé en hurlant.

— Pourquoi, papa? Pourquoi?

Bruno Chaput était près de moi. Il me regardait, abasourdi. Avec ses petits yeux ensommeillés, il avait quelque chose d'un tuatara.

Chapitre VII
Dur retour au XXe siècle

Elle aussi a quelque chose d'un autre monde. Avec son teint d'automne, ses cheveux raides à mèches mauves, son anneau dans la narine, elle semble parachutée d'une planète inconnue.

Vous ne savez pas de qui je parle. Vous ne connaissez pas encore la nouvelle embûche mise sur ma route par le destin pour contrecarrer mes recherches. Je vous mets au courant.

Je commençais à peine à me rétablir du choc provoqué par le chevalier Raymond dans mon rêve quand la réalité est devenue un cauchemar. Les cours d'informatique ont commencé.

Imaginez-vous qu'on doit travailler à deux par ordinateur et qu'on m'a assigné... une coéquipière. Et pas n'importe laquelle!

Une petite Chinoise qui m'arrive aux épaules et qui semble déguisée pour aller à un carnaval.

J'ai essayé de me faire changer d'ordinateur, mais les organisateurs n'ont rien voulu savoir. Ils prétendent même que ce sera excellent pour moi de travailler avec quelqu'un qui en sait plus.

Aussi, je m'attends au pire. Je me vois déjà subir les savantes leçons de cette espèce d'énergumène. Elle voudra sûrement me mettre sous le nez ma parfaite ignorance et sa futile supériorité.

J'en veux de plus en plus à mes chers parents de m'avoir jeté dans une fosse pareille. Il m'arrive même de regretter que mon ami tuatara n'ait pas dévoré tout rond le preux chevalier Raymond.

Présentement, les organisateurs du camp nous expliquent la marche à suivre. Je n'ai donc pas encore eu à souffrir des sarcasmes de ma coéquipière. Mais je sens que ça ne saurait tarder.

Ma voisine écoute les consignes d'un air désabusé. Elle semble déjà tout connaître. De mon côté, je suis perdu et je crains de plus en plus la suite.

Les discours sont terminés. À nous maintenant de jouer de la souris et du clavier. Ma torture va commencer.

Je ne sais pas ce que ma coéquipière a

dans la tête, mais elle ne paraît pas pressée de se mettre au travail. Elle regarde les autres aux alentours, examine ce qu'ils font.

Elle doit trouver insignifiants tous ces jeunes qui n'ont pas reçu comme elle la piqûre de l'informatique en naissant.

Elle vient de poser ses yeux sur moi. Sa figure est impassible et elle ne dit pas un seul mot.

Ce regard me rappelle... celui du tuatara, la première fois que je l'ai vu en rêve. J'ai la même impression.

Cette fillette a l'air bizarre et, pourtant, c'est moi qui me sens mal. Comme un animal préhistorique au milieu d'une jungle d'ordinateurs.

— Tu as compris... *something*?

Elle vient d'ouvrir la bouche alors que j'étais en pleine réflexion. Elle me pose la dernière question que j'aurais souhaité entendre.

— Euh... un peu... Je... je ne connais pas tellement... les ordinateurs...

Pour la première fois depuis son arrivée, elle a souri.

— *Good*! Moi non plus... C'est mon père qui... *He wanted*... que je vienne...

J'ai senti une tonne de briques tomber

de mes épaules. Mes lèvres ont souri et j'ai ajouté sans perdre de temps:

— Moi aussi, ce sont mes parents. Ils trouvent ces machines-là... importantes.

J'ai pointé du doigt l'ordinateur devant nous et l'espèce de petit lutin s'est mis à rire.

— *My father is... a maniac...*

Devant mon air étonné, elle a vite continué:

— ... un fou... *crazy, you know*... pour ces choses...

J'ai approuvé de la tête en riant. J'étais terriblement soulagé. Je lui ai demandé gentiment:

— C'est quoi ton nom?

Elle a hésité un instant, puis elle a répondu, un peu gauche:

— C'est... trop compliqué. Appelle-moi Lee. Ce sera... plus *easy*. Et toi?

Chaque fois que quelqu'un me demande mon nom, je deviens mal. J'ai toujours trouvé qu'Edgar était un prénom vieux jeu, d'une époque révolue. Mais il me faut bien répondre. Dans un souffle rapide, à peine audible, j'ai laissé glisser entre mes dents:

— Edgar... Je m'appelle Edgar.

Dès la première mention de mon prénom, la figure ronde devant moi s'est illuminée. On aurait dit que je venais de mettre l'écran de son ordinateur interne en marche.

— Edgar! Comme Edgar Allan Poe!

J'ai failli tomber en bas de ma chaise. Une Chinoise qui connaissait Edgar Allan Poe! Cet écrivain américain né un 19 janvier et dont j'avais déjà cru être la réincarnation.

— J'aime ses histoires. Elles sont... *frightening*... J'aime... avoir peur.

C'est avec un sourire brillant comme un soleil que Lee a prononcé les mots «avoir peur». Comme moi, elle adore les récits d'épouvante. Comme moi, elle adore éprouver des émotions fortes... en toute sécurité.

J'étais ravi. Je regardais ce petit bout de fille devant moi et j'étais renversé. Malgré les apparences, on se ressemblait plus tous les deux que je ne l'aurais jamais imaginé. Tellement, en fait, que mes principales préoccupations avaient beaucoup changé en quelques minutes.

Ce qui me faisait peur maintenant, ce n'était plus cette espèce de petit clown oriental bredouillant le français.

C’était d’imaginer comment deux ignorants comme nous allaient pouvoir affronter ces monstres.

Cette horrible souris sur la table.

Ce clavier aux dents innombrables.

Chapitre VIII
Les grandes découvertes

En quelques jours, je suis devenu un fanatique de l'informatique. De l'informatique... avec Lee, bien sûr.

Plus nous travaillons ensemble, plus j'attends les cours avec impatience. Et plus je découvre que ma coéquipière a voulu m'embobiner en mettant sur le même pied son ignorance et la mienne.

Lee s'amuse d'abord à jouer celle qui ne comprend rien comme moi. Puis, elle s'organise petit à petit pour que je paraisse moins idiot. Mine de rien, elle m'amène à appuyer sur les bonnes touches. Si bien qu'au bout d'un moment, j'ai l'air d'un virtuose du clavier.

J'ai l'impression que Lee a besoin de cacher qui elle est vraiment. Ses mèches mauves, ses accoutrements me semblent une sorte de déguisement. Et la meilleure preuve de ce jeu de cache-cache, je l'ai eue tout à l'heure.

Bruno Chaput, mon copain de tente, est un vrai phénomène aux jeux informatiques. Il réussit à battre n'importe qui. C'est le champion toutes catégories.

Le concours de ce soir opposait chevaliers et dragons. Et mon colocataire ronfleur semblait encore s'acheminer vers un triomphe absolu, quand Lee s'est approchée doucement et a laissé tomber timidement:

— Je... je peux essayer?

Avec un sourire moqueur, Bruno a cédé sa place en jouant la politesse excessive.

— Certainement, princesse. Ces dragons sont à vous.

Lee a alors appliqué sa fameuse stratégie.

Pendant dix bonnes minutes, elle a fait l'innocente et elle a raté presque tout ce qui se présentait à l'écran. Magnanime, Bruno lui prodiguait ses encouragements.

Puis, peu à peu, le vent a tourné. Les gestes de Lee sont soudain devenus très précis. Et les dragons à l'écran ont perdu de l'assurance en même temps que Bruno Chaput.

Attirés par les oh et les ah, les jeunes se sont attroupés autour de mon amie. Son maniement des manettes tenait maintenant du prodige.

Le sourire figé, Bruno regardait les dragons voler dans toutes les directions. La foule était stupéfaite.

Quand Lee a eu terminé, elle s'est levée sans dire un mot. Tout le monde la félicitait, y compris un Bruno déconfit. Elle est venue vers moi en souriant et elle m'a glissé à l'oreille, à ma grande surprise:

— *I hate those games*... Je n'aime pas ces dragons ridicules... ces pauvres princesses... *waiting for love*...

Chapitre IX
Annabel ou Lee?

Quand j'ai quitté la salle aux côtés de Lee, j'ai eu le sentiment que quelque chose venait de changer en moi. En vainquant les dragons à l'écran, Lee avait aussi ouvert une porte dans mon donjon personnel.

Une foule de souvenirs se bousculaient dans ma tête. Des souvenirs d'une rencontre dont j'avais espéré un grand amour un an plus tôt. Des images de Jézabel que j'avais crue être «la femme de ma vie». De cette fille de dix-neuf ans, maintenant devenue une lointaine amie à Paris.

Longtemps j'avais pleuré ce grand amour raté. Longtemps j'avais souffert de cet affreux mal bleu qui donne à toutes choses une couleur sombre et triste. Et quelque part en moi montait encore une petite voix qui m'incitait à espérer.

Mais au même moment me revenaient en mémoire quelques vers d'Edgar Allan

Poe. Des vers qui, un an plus tôt, m'avaient amené à voir en Jézabel «mon» Annabel Lee:

J'étais un enfant,
et elle était un enfant,
dans ce royaume près de la mer;
mais nous nous aimions d'un amour
qui était plus que de l'amour
— moi et mon Annabel Lee...

Comme une révélation, je découvrais, un an plus tard, mon erreur d'interprétation. Un pressant désir d'être aimé m'avait conduit à déformer ce poème prémonitoire.

J'étais un enfant,
et elle était un enfant...

Où avais-je la tête? Il ne pouvait pas s'agir de Jézabel, d'une fille de dix-neuf ans! Bien au contraire...

Au même moment, une autre évidence frappait mon esprit de plein fouet.

Dans le poème de Poe, le nom important n'était pas Annabel comme je l'avais cru en y associant Jézabel. C'était Lee.

Lee, cette enfant de douze ans *dans ce*

royaume près de la mer, dans ce camp des Mille-Îles baigné par le Saint-Laurent. Lee qu'Edgar Poe me désignait, plus d'un siècle avant ma naissance.

Je réfléchissais en silence à cet énorme malentendu. J'étais plongé dans mon passé quand j'ai senti soudain une petite main froide se glisser dans la mienne.

Lee n'avait plus dit un mot depuis que nous avions quitté le camp. Nous marchions côte à côte en direction des rives du fleuve. La nuit était magnifique.

Et maintenant, je tenais la main d'une fille que j'avais voulu fuir quelques jours plus tôt. Je serrais cette main avec chaleur.

Sans oser tourner la tête, je goûtais le contact de cette peau si douce qui m'était encore, l'instant d'avant, complètement étrangère. Des sensations troublantes, des émotions enivrantes envahissaient tout mon corps.

Quand j'ai enfin regardé Lee, j'ai découvert avec ravissement un nouveau visage.

La lune éclairait son sourire comme un projecteur de théâtre. Dans une lumière irréelle, ses mèches mauves volaient au vent. L'anneau à sa narine brillait comme un anneau d'or.

Chapitre X
La douce nuit du dragon

Nous sommes assis au bord du fleuve depuis au moins trois ou quatre heures. Nous vivons de longs moments de silence heureux, suivis de poussées irrésistibles de mots. Chacun essaie de faire savoir à l'autre qui il est.

Questionné sur mon âge et ma date de naissance, j'ai avoué à Lee que j'avais déjà cru être une réincarnation d'Edgar Poe. Je lui ai aussi parlé de mon jeu de tarot et de mes tentatives de jouer les voyants.

Lee n'a pas semblé surprise. Elle aussi a été attirée par certaines croyances chinoises. Elle possède un livre, le *Yi-king*, qui existe depuis 5 000 ans et qui est souvent utilisé pour tenter de prédire l'avenir. En français, on l'appelle *Le livre des transformations*.

Lee m'a expliqué que, dans la tradition chinoise, on insiste sur le fait que tout se tient dans l'univers. Tout se transforme sans cesse, mais au fond, rien ne meurt.

Lee a fait un rapprochement entre ces idées et les miennes concernant Edgar Poe. À force de lire cet auteur, j'en suis maintenant imprégné. Il n'est donc pas totalement faux de penser qu'Edgar Poe continue sa vie dans mon corps et dans mon esprit.

J'étais fasciné par les paroles de Lee. Désireux de lui en dévoiler encore plus à mon sujet, j'ai mentionné mon tuatara et mes recherches sur l'humain.

Ces recherches m'amenaient à croire également que tout s'enchaînait dans l'univers. Les êtres vivants semblent issus d'une vaste famille remontant à la nuit des temps.

Lee a été étonnée de mes connaissances sur l'évolution. Elle a été éblouie par ce que je lui ai appris sur le tuatara.

Fier et mis en totale confiance, j'ai même osé lui parler du chevalier Raymond venu me délivrer des griffes du supposé dragon.

Lee a paru touchée. Elle a réfléchi un moment, puis elle m'a livré à son tour ses secrets.

Lee est arrivée dans notre pays avec ses parents à l'âge de dix ans. Elle a eu

beaucoup de mal à s'y sentir bien. Inscrite à une école française, elle est la seule de sa famille à utiliser cette langue. En plus du chinois, ses parents parlent l'anglais.

Ceux-ci sont très attachés à leurs traditions. À l'école comme à la maison, Lee se sent étrangère. Égarée dans un monde qui n'est pas fait pour elle, un peu comme mon tuatara.

Lee dit avoir vécu des situations où les yeux des autres la transformaient en dragon. Elle s'est forgé une allure rebelle pour camoufler ses différences et être mieux acceptée par certains. Elle a accentué, du même coup, la distance entre elle et ses parents.

Grâce à Lee, j'ai aussi appris des choses étonnantes sur les dragons. Dans l'art chinois, le dragon est vu comme une créature bienfaisante. Il n'est pas la bête diabolique à abattre de nos jeux vidéo. C'est le symbole du «yang», du soleil levant, de la lumière qui s'unit à l'ombre, le «yin», pour créer le renouveau.

On a passé toute la nuit à se confier, Lee et moi. Plus elle me parlait d'elle et de son pays, plus je nous sentais proches l'un de l'autre.

Lee venait du bout du monde, nous appartenions à des cultures différentes, mais nous étions semblables malgré tout.

Nous étions deux humains qui cherchaient un sens à leur vie.

Et, au petit matin, le jour a embrassé la nuit.

Chapitre XI
L'éternel retour

J'avais quitté la maison à reculons et maintenant, je n'avais plus le goût d'y retourner. Lee avait les mêmes sentiments que moi.

Elle craignait l'accueil que me réserveraient ses parents, peu habitués à voir des étrangers chez eux. Je me demandais de mon côté comment Raymond allait réagir devant les retombées imprévues de mon camp informatique.

Je revenais, il est vrai, accompagné de quelqu'un qui se débrouillait merveilleusement bien devant un écran d'ordinateur. Mais cette même personne avait des mèches mauves, des costumes excentriques et... un anneau dans le nez!

C'est donc un peu inquiet que je suis rentré du camp accompagné de ma nouvelle amie.

Toute la famille était à table. Dès qu'ils nous ont aperçus, ils sont restés bouche bée. Avec ses mâchoires qui mastiquaient au ralenti, Raymond m'a rappelé mon tuatara avalant un criquet de travers.

Ma petite soeur Émilie semblait fascinée par l'allure de Lee. Ma mère Lucille est sortie la première de sa stupeur. Elle est venue à la rencontre de ma copine.

Les minutes suivantes ont été assez laborieuses. Lee essayait de parler français. Raymond a sorti son anglais. Et moi, jouant les interprètes, j'avais l'air de parler chinois.

On a quand même réussi à se comprendre, et ce contact initial entre Lee et mes parents s'est finalement bien terminé.

Après le repas, Lucille et Raymond nous ont longuement questionnés sur le camp. Nous en avons profité pour mettre l'accent sur nos nombreux apprentissages. J'ai insisté sur l'habileté de Lee devant un ordinateur et j'ai même invité Émilie à l'affronter au jeu des chevaliers et des dragons.

Comme on devait s'y attendre, Lee l'a d'abord laissée gagner. Quand je lui ai signifié, par mon regard, qu'il fallait impressionner mon père, elle a écrasé ma soeur à plate couture.

Raymond a chaudement applaudi cet

exploit, pendant que Lucille s'empressait de consoler Émilie. Il m'a félicité d'avoir déniché un professeur privé de cette trempe, et j'ai su que le tour était joué. Lee venait de faire son entrée officielle dans ma famille.

Lucille est allée chercher ses livres sur la peinture chinoise. Elle a étalé devant Lee des connaissances sur la Chine que je n'avais jamais soupçonnées.

Elle a montré à mon amie des dragons plus vivants que ceux des jeux vidéo, des bêtes imaginaires plus extraordinaires que mon tuatara. Elle a aussi parlé du phénix, une espèce d'oiseau fabuleux, qui s'enflamme et renaît de ses cendres, paraît-il.

Quand la leçon de peinture s'est achevée, Émilie a pris le relais. Elle ne semble pas avoir mal digéré sa cuisante défaite. Au contraire, elle veut que Lee lui enseigne tous les trucs qu'elle connaît sur l'ordinateur.

Émilie paraît heureuse que j'aie une copine qui lui ressemble. Lee n'est pas tellement plus grande et elle parle anglais, comme William, le meilleur ami de ma soeur.

Le seul être dans la maison qui n'a pas

apprécié la nouvelle venue, c'est Caterina. Dès qu'elle m'a vu entrer avec Lee, ma chatte noire a fui derrière le fauteuil du salon et elle n'a jamais voulu en ressortir.

Caterina est un cadeau que Jézabel m'a fait parvenir de Paris pour mon dernier anniversaire. Elle a l'air de me reprocher de laisser tomber sa maîtresse au profit de cette étrangère.

Je comprends les sentiments de Caterina, mais ce n'est certainement pas à ma chatte de décider qui je dois aimer. Le passé est le passé. Jézabel a vingt ans et vit à Paris. Lee a presque mon âge et habite à une heure d'ici. Ma chatte devra s'y habituer.

Lorsque la longue séance des présentations a pris fin, Lee a refusé que mon père aille la reconduire chez elle. Elle a insisté pour prendre l'autobus. Je crois qu'elle préfère parler d'abord à ses parents et les préparer à ma venue.

Je l'ai donc quittée au terminus après l'avoir embrassée tendrement encore une fois. Elle a promis de me téléphoner dès que le terrain serait prêt.

Fou de joie, je suis retourné chez moi sans même m'en rendre compte. Quand j'ai mis le pied dans la maison, un second interrogatoire m'attendait.

Avec beaucoup de diplomatie, Raymond a tenté de savoir pourquoi Lee «s'arrangeait» comme elle le faisait.

J'ai expliqué à mon père qu'il n'avait pas à s'inquiéter des apparences. Lee désirait simplement s'intégrer à la nouvelle culture à laquelle elle appartenait désormais.

Raymond semblait avoir des doutes. Il voyait mal comment ma compagne pensait mieux s'intégrer en adoptant les allures des plus marginaux de notre société.

Mais il s'est rallié rapidement. Quand Lucille lui a rappelé les accoutrements hippies qu'elle portait le jour où ils se sont connus!

Chapitre XII
Le fameux troisième oeil

Je me suis couché, ce soir-là, convaincu d'avoir entrepris une nouvelle étape de ma vie. Un événement surprenant est venu appuyer mon sentiment.

Dès que j'ai fermé les yeux, je me suis retrouvé dans mon rêve précédent. J'étais dans ma peau de tuatara. Le chevalier Raymond et son cheval avaient disparu. Et mon pauvre compagnon de voyage gisait inerte près de moi.

Aussi étrange que ça puisse paraître, même transformé en tuatara, je pleurais. Je pleurais à chaudes larmes la mort de mon ami. Quand un miracle s'est produit.

Alors que je regardais mon compagnon avec tristesse, j'ai vu que sa blessure se refermait doucement. Mon ami a relevé la tête et il m'a dit d'un ton ému:

— Tu ne sauras jamais tout ce que je te dois, Edgar.

J'étais stupéfait devant ce revenant qui

m'adressait des paroles incompréhensibles. Mais il a continué:

— Sans toi, je n'aurais jamais su ce que c'est que d'être aimé. Un tuatara ordinaire est un pauvre reptile privé d'imagination. Mais moi qui suis un tuatara imaginaire, j'ai pu ressentir, grâce à toi, des sentiments humains. Je t'ai entendu me consoler de n'avoir qu'un coeur froid. Je t'ai vu pleu-

rer sur ma mort comme les humains pleurent un ami.

Il s'est tu un moment, et j'ai eu l'impression qu'il était au bord des larmes. Puis, il a finalement ajouté:

— Tu peux me faire renaître quand tu le veux dans tes rêves et me faire vivre tes sentiments. Je fais partie de toi maintenant.

J'avais l'esprit un peu confus et pourtant je me sentais heureux. Comme si je retrouvais après une longue absence un très vieil et très cher ami.

Je n'étais pas encore au bout de mes surprises. Mon étrange compagnon n'avait pas dit son dernier mot.

— Tu as lu dans tes livres de sciences que les jeunes tuataras sont dotés d'un troisième oeil qui se cache sous leur peau avec l'âge.

J'avais complètement oublié cette incroyable histoire de troisième oeil. Étant moi-même devenu un tuatara, je n'avais jamais eu le sentiment de voir à travers trois yeux.

— Cet oeil est un thermostat. Il détecte la chaleur. Il nous guide depuis des millions d'années vers ces rayons invisibles qui réchauffent notre sang.

C'était donc cela, le mystère. Le troisième oeil des tuataras «voit» des ondes que les autres yeux ne perçoivent pas. Il a dû aider à la longue survie de l'espèce.

Mon compagnon n'avait pas fini. Il me gardait, à vrai dire, le meilleur pour la fin.

— L'être humain est le fruit de 500 millions d'années d'évolution. Dans le ventre de ta mère, tu as eu, à certains stades, des branchies comme les poissons, une queue comme les reptiles, un duvet comme les mammifères.

On mentionnait ces faits étranges dans les livres que j'avais consultés. Mais je n'avais jamais entendu parler de ce qu'il m'a alors révélé.

— Au coeur de ton cerveau d'humain, tu as aussi un troisième oeil, comme en souvenir de moi. Il est branché sur ta mémoire et sur celle de tous les vivants. Grâce à cet oeil, tu fais des rêves. Tu peux imaginer ton avenir en retrouvant ton passé. C'est avec cet oeil que tu me vois.

Mon ami m'a souri et il a semblé me faire un clin d'oeil. Au même moment, j'ai senti mon troisième oeil se refermer et j'ai vu mon copain disparaître dans une lumière éblouissante.

À une vitesse indescriptible, j'ai glissé dans un long tunnel lumineux. Je suis sorti d'un trou blanc au centre de mon plafonnier. Aussi léger qu'un atome, j'ai atterri dans mon lit.

Chapitre XIII
La longue marche vers l'Orient

Je crois que je n'ai jamais été aussi heureux de toute ma vie. J'ai reçu hier un appel de Lee qui m'a assuré que tout allait bien. Elle a parlé de moi à ses parents, leur a décrit qui j'étais. Ils sont impatients de me rencontrer.

De mon côté, j'ai promis à Lee que je ferais tout pour que ce rendez-vous inespéré avec mon destin se passe bien. J'ai rapporté à la bibliothèque mes livres sur l'évolution et je les ai échangés contre des documentaires sur la Chine.

Je suis en train de devenir un véritable spécialiste de la culture chinoise et de toutes ses chinoi... euh... ses particularités.

J'ai feuilleté le *Yi-king*, ce livre ancien que Lee m'avait recommandé et j'avoue ne pas trop comprendre ce qui s'y trouve. Les petits textes qu'il contient me paraissent bien vagues pour servir à prédire l'avenir. Mais je ne dois pas me décourager.

Après tout, les Chinois ont 5 000 ans de pratique!

Dès que j'ai un peu d'argent de poche, je vais aussi dans les restaurants chinois des environs. Je veux connaître leurs mets typiques pour me préparer à ce qui me sera servi chez Lee.

J'ai avalé une tonne de riz depuis que j'ai amorcé cette démarche et je n'en suis pas plus habile dans le maniement des baguettes. Elles me semblent toujours faites pour jouer du tambour.

J'ai bu tellement de thé au jasmin que

j'ai pensé m'y noyer. J'ai mangé des centaines de biscuits aux amandes. Sur ce point, heureusement, mes goûts étaient chinois d'avance.

Dans un de mes livres sur l'évolution, j'ai lu qu'il n'a jamais existé deux visages humains identiques. Or j'avais toujours eu l'impression que les Asiatiques se ressemblaient tous. Maintenant, quand je vais à mes restaurants, je m'efforce de trouver ce qui distingue chaque serveur.

J'ai constaté avec surprise que, comme nous, les Chinois sont tous différents. Ce sont nos yeux d'Occidentaux qui sont aveugles. Ils voient le même Chinois partout.

À la maison, mes parents s'étonnent de mes nouveaux intérêts. Ils croient sûrement à une autre de mes marottes qui ne durera qu'un temps. Pourtant, cette fois, ils se trompent.

Je n'ai jamais éprouvé auparavant les sentiments que j'ai pour Lee. Depuis notre rencontre, je ne suis plus le même homme. Je me suis, pour ainsi dire, ouvert à tout l'univers. Mes recherches sur l'humain m'ont mené droit vers elle.

Mes rêves de tuatara sont finis.

La figure de Lee occupe toutes mes nuits.

Épilogue

Mon curieux compagnon est réapparu, mais ce n'était pas dans un rêve.

Vous vous rappelez sans doute l'épisode du miroir où j'avais cru devenir fou. Figurez-vous qu'il a eu une suite, ce matin.

Je venais de me réveiller, la tête encore pleine d'images de Lee, quand j'ai senti tout à coup une forme près de moi. Je n'osais pas tourner les yeux lorsqu'une langue rugueuse léchant mon oreille m'a fait tout comprendre. Caterina m'était revenue.

Depuis la visite de Lee, ma chatte boudait ma chambre. Elle se tenait loin de moi, cherchant sans cesse à me rappeler mon amour pour Jézabel.

Comprenant son désarroi, je laissais ma chatte à son jeu et le temps faire son oeuvre. Il faut croire que je n'avais pas tort. Ce matin, en effet, Caterina était là. Prête à m'accorder ses faveurs comme autrefois.

C'est donc fringants et contents que nous nous sommes dirigés tous les deux vers la salle de bains. Tout semblait parfaitement normal jusqu'à ce que je m'installe devant le miroir pour me peigner. Caterina était grimpée sur le comptoir et elle m'observait.

Après quelques coups de peigne dans mes cheveux en broussaille, mon regard s'est brouillé tout à coup. Les gouttes d'eau sur le miroir ont peu à peu modifié mon image.

À la place de ma figure, j'ai vu se dessiner lentement la face de mon tuatara, bientôt suivie de celle de ma chatte puis de la figure de Lee. Mon visage est ensuite réapparu.

Tout ce jeu de transformations n'a duré que quelques secondes, mais il m'a laissé dans une profonde perplexité.

Au moment où ma vie semblait enfin sur ses rails, où l'avenir s'annonçait heureux, ma raison allait-elle m'abandonner? Est-ce que j'allais basculer, comme je l'avais déjà craint, dans un monde d'hallucinations et de chimères?

J'ai regardé Caterina pour m'assurer que mes pieds demeuraient bel et bien ancrés dans le réel. Je l'ai vue aussitôt s'approcher et frotter, en ronronnant, son museau le long de mon bras. Au contact de cette caresse chaleureuse, j'ai compris en un éclair ce qui venait de se produire.

Ce qui était venu troubler mon regard ordinaire, c'était ce fameux troisième oeil dont m'avait parlé mon tuatara.

Pendant quelques secondes, cet oeil s'était ouvert en plein jour et il avait aboli les frontières de l'espace et du temps. En un instant, il avait résumé mon histoire.

Mon passé de reptile capable de se reproduire. Mon passé de mammifère se faisant du souci pour les siens. Mon passé et mon présent d'humain, capable et désireux d'aimer.

Je n'étais pas seul au monde dans un univers sans but. J'appartenais à une famille innombrable faite de millions d'espèces formées sur des millions d'années.

Cet Edgar dans le miroir n'était ni un fou, ni un voyant, ni un nouvel Edgar Allan Poe.

C'était Edgar Alain Campeau, un garçon de treize ans, semblable à tous les autres et unique malgré tout.

Un chasseur de secrets cachés comme

tous les jeunes de son âge.

Un être anxieux de se connaître et de donner un sens à sa vie.

Un humain rempli de peurs, mais bien décidé à vivre.

C'était bien moi, dans ce miroir, ce garçon ordinaire.

Amoureux d'une Chinoise aux cheveux mauves.

Compagnon d'une chatte jalouse.

Ami d'un fossile à trois yeux!

Table des matières

Achevé d'imprimer
sur les presses de Litho Acme inc.